O FILANTROPO

RODRIGO NAVES

O filantropo

2ª edição revisada

Copyright ©1998 by Rodrigo Naves

Grafia atualizada segundo o Acordo Ortográfico da Língua Portuguesa de 1990, que entrou em vigor no Brasil em 2009.

Capa
Alceu Chiesorin Nunes

Foto de capa
Martinique, negativo 1972, impressão 1981 (impressão em prata coloidal), foto de André Kertész. © Estate of André Kertész/ Higher Pictures

Preparação
Márcia Copola

Revisão
Carmen S. da Costa
Cecília Ramos
Renata Lopes Del Nero

Dados Internacionais de Catalogação na Publicação (CIP)
(Câmara Brasileira do Livro, SP, Brasil)

Naves, Rodrigo, 1955-
   O filantropo / Rodrigo Naves. — 2ª ed. — São Paulo:
Companhia das Letras, 1998.

   ISBN 978-85-359-2925-6

   1. Contos brasileiros I. Título.

98-4412   CDD-869.935

Índices para catálogo sistemático:
1. Contos: Século 20: Literatura brasileira   869.935
2. Século 20: Contos: Literatura brasileira   869.935

[2017]
Todos os direitos desta edição reservados à
EDITORA SCHWARCZ S.A.
Rua Bandeira Paulista, 702, cj. 32
04532-002 — São Paulo — SP
Telefone: (11) 3707-3500
www.companhiadasletras.com.br
www.blogdacompanhia.com.br
facebook.com/companhiadasletras
instagram.com/companhiadasletras
twitter.com/cialetras

Sumário

Luz, 9

Paris, 13

Rumor, 17

Vulgar, 21

Linha de conduta, 25

Sabedoria, 29

Bairro, 33

Anna Döring (1898-1930)
    e Alberto da Veiga Guignard (1896-1962), 37

Cidade grande, 41

Genealogia, 45

Escala, 49

Sexo, 53

Retrato, 57

Saúde, 61

Rosemiro dos Santos (1944-91), 65

Reumatismo, 69

Daqui para a frente, 73

Experiência, 77

Tarefa, 81

Alvura, 85

Caráter, 89

Fábula, 93

Canção, 97

Mangas cavadas, 101

Mira Schendel (1919-88), 105

Conselho, 111

Manhãs, 115

Princípios, 119

Verão, 123

Carnaval, 127

Altivez, 131

Aventura, 135

Trabalhos manuais, 141

Programa, 145

Eugène Varlin (1839-71), 149

Vigília, 155

De doze anos, 159

Destino, 165

Para o Zé Paulo, os dois

Luz

A luz que me falta está ali adiante. E não poder franqueá-la é mais que uma questão de distância. Pode não parecer, mas também eu fui criança. E ficava horas à sombra, admirando uma luminosidade que se cumpria apenas de longe: estática, insana. Ver é experimentar o que não temos, embora à nossa frente. Quando à tarde vinha a brisa, então podia participar por um instante daquela claridade esplêndida. A aragem leve trazia para o lado de cá algo de sua transparência, e seu frescor falava das coisas suspensas e soberanas. Mas como descrever o encanto de estar fora se de fora estamos? Às cigarras sucedia o mesmo. Só que de dentro. Aquele chirriado roto não era de quem se encontra a gosto. E eu, estando de fora, me sentia dentro? Nada. Ficava na soleira. E o espaço se dispunha a minha frente. Até hoje tenho essa luz diante dos olhos. Continuo sentado aqui. O que está de pé é o que ostento.

Paris

Fui hoje ao aniversário de um colega de serviço. Essas festas de meio de semana são sempre acanhadas. É preciso dormir cedo, controlar-se. Numa roda, um conhecido nos assegura que podemos estar sossegados. Em Paris estão guardadas as medidas: o Metro, o Quilo etc. Bebi três cervejas ou mais. E fiquei meio de lado tentando edificar-me uma Paris. Meus modelos são tão volúveis. Uma metafísica caseira me propõe questões extremamente embaraçosas. Busco éticas em lavar ou não a louça que sujo, na honestidade com mulheres que sempre terminam por me deixar. Na verdade, trago uma Paris no coração. Sou incapaz de descomedimentos.

Rumor

Por muito tempo, talvez até hoje, alimentei a esperança de que chegaria a dominar em sua riqueza esse rumor que me enche de orgulho, já que me faz muito mais complexo e promissor do que pareço ser. Sou velho, devo acreditar nas manifestações pacientes. O que se formou devagar há de encontrar seu caminho num tempo condizente. Não que eu lhe vire as costas. De jeito nenhum. Estou sempre à espreita, à escuta de seus movimentos. Há de vir. Manso e significativo como um costume de que prescindimos e voltamos a encontrar a utilidade, e que nos indica que, afinal, temos lá nossas prerrogativas. Não, não me atormenta. Não falo em zumbido. Refiro-me antes a uma espécie de matéria em suspensão que parece conter uma lógica, ainda que ela me escape. Quando nos dias frios a vida nos acolhe mais docemente, e descobrimos uma harmonia de que não suspeitávamos — nesses dias reforçam-se minhas esperanças. Não procuro revelações, ou arte. Busco antes uma verdade naquilo que não pude domesticar, e que por certo guarda o que de mim é mais livre, ainda que me pertença. Suspeito, sempre suspeitei, da espontaneidade. Devo contudo ser melhor do que aparento. Tanta coisa em mim que, por vezes, se configura ligeiramente. E vislumbro aí um equilíbrio mais generoso do que minha vontade pôde obter. E novamente me engrandeço. Como se pode ver, mantenho a crença numa espécie remota de sabedoria. Talvez seja complacência. Mas como não manter a possibilidade de que, por fim, se me revele um compasso e que, simplesmente, eu entre no ritmo, já que não creio em movimento de esferas ou qualquer outro tipo majestoso de sintonia.

Vulgar

Chamava meu pau de pica. Às vezes pedia que eu a fodesse. Outras, que a machucasse. Era alegre durante as tardes, mesmo sob sol forte. Tinha medo de morrer cedo e de passar necessidade. Vinha de família pobre e a sensação de dependência a excitava e entristecia. Simultaneamente. Por isso associava dor a proteção e achava o sexo uma coisa atraente e aterradora. Era asseada. Seu corpo higiênico tornava lascivos mesmo os atos mais pudendos. E as violências ocasionais pareciam devolver-lhe a inocência do asseio. Não, não gemia. Fazia apenas umas expressões medonhas.

Linha de conduta

Depois de juntar o dinheiro necessário, paguei a obturação dos dentes do porteiro do prédio em que moro. No lugar das cáries já escuras, voltaram as superfícies brancas, lisas, e uma vigorosa impressão de higiene. Penso que colaborei para conter um processo de deterioração que lentamente se alastrava, e isso gratifica e remoça.

Tenho gosto em apreciar o crescimento das árvores que planto em minha rua. E a visão do longo percurso sombreado é motivo de verdadeiro orgulho. Trato-as com carinho, adubo-as e uma vez por ano realizo uma poda corretiva, para que se desenvolvam com força e regularidade.

Não descuido um só instante de minha conduta moral. Atento para os menores deslizes e ao deitar repasso os acontecimentos do dia, as atitudes que tomei ou deixei de tomar. Não nego meus erros e algumas falhas cometidas me desconcertam. Como não sou uma pessoa má, tenho dificuldade em entender tais comportamentos. Ajudo quando posso. Quando não posso, digo. Dispenso favores, por receio de precisar retribuí-los. Faço a minha parte. Temo a morte e as dores físicas. Minha maneira metódica de viver me resguarda porém dessas preocupações.

Sabedoria

Não passei por grandes decepções na vida. Com as pessoas silenciosas, no entanto, acabei por me desiludir. Tinha-as em alta conta, pela escolha dramática que as orientava, sempre colocando obstáculos à própria expressão. Repletas de experiências e totalmente céticas quanto à possibilidade de transmiti-las. É provável que seja a calma desta tarde o motivo desses pensamentos. Para mim, do modo como vejo as coisas hoje, tanto silêncio talvez seja apenas preguiça.

Bairro

A umidade da madrugada torna ainda mais forte o cheiro de tijolo e argamassa da casa. Estou sentado numa cadeira velha, bamba, e nem mesmo o café forte consegue recobrir o azedume da cal das paredes. Durmo sem conforto e a visão do leito provisório torna o sono ainda menos reparador. Somos muitos para o cômodo precário, e suspeito que venha daí a imagem imperfeita que fazemos de nós mesmos. Gosto dos filhos e temo por eles. E entendo que a mulher beba às vezes e peça que a ame com palavras fortes. A todo momento meus olhos se fixam num ponto distante. Tudo por fazer. E uma fraqueza estranha a cada manhã.

Anna Döring (1898-1930) e Alberto da Veiga Guignard (1896-1962)

Na estação ferroviária de Florença, Guignard a aguarda com um buquê de flores. Casaram-se há pouco e Anna Döring já o abandona. Vai viver com outro homem, músico como ela. Guignard parece compreender tudo. É um homem feio. Seu lábio leporino mal lhe permite falar. Tem mesmo pouco a esperar da vida.

Um ano antes de casarem, em 1922, ela lhe escrevia de Berlim: "Querido, pobre amigo, sinto tanto não poder vê-lo aqui que Berlim quase já não me traz alegria. Se eu pelo menos soubesse como você está de saúde [...]. Até aqui não tive muita diversão; duas de minhas amigas encontrei doentes, não pude achar o endereço de uma terceira, e minha melhor amiga, uma atriz, encontrei em péssimo estado de espírito, pois seu pai havia se matado com um tiro fazia pouco tempo".

Passados alguns anos, Anna pede a Guignard que a socorra. Está muito doente e não tem quem a ampare. Guignard vai de Paris a Munique para ajudá-la. Anna não resiste, e falece pouco tempo depois. Sua autópsia fala em câncer no pâncreas, com emparedamento total do canal biliar purgativo.

39

Guignard volta ao Brasil em 1929. Os amigos dizem que jamais a esqueceu. Quando se embriagava, o que fazia com frequência, lembrava dela com ternura. Até os últimos dias guardava consigo retratos, pequenos objetos e mechas do cabelo de Anna.

Cidade grande

Quem ergueu esta cidade, ergueu-a para vê-la do alto, não para habitá-la. Nada virá me encontrar. Às nove e meia ponho os sapatos e desço até a rua. Fico vendo os automóveis passar. Algumas pessoas voltam de cursos noturnos. São tristíssimas as pessoas que fazem cursos noturnos. Em frente, os últimos empregados lavam o chão do bar. Passam três jovens por mim. Devem ir a alguma festa. Também não vai chover. Jamais consegui me lembrar do que papai fazia à noite. Certa vez, parece, começou a estudar grego. Não sei se chegou a aprender. Preciso me alimentar melhor, tenho me sentido um pouco fraco pela manhã. O porteiro do edifício vem conversar comigo. Sinto-me profundamente miserável esta noite. Não vai chover mesmo. O ar não tem nenhuma umidade. Duas moças passam de braço dado, e há quem fale em homossexualidade feminina. Ando um pouco. Na rua Trostesi compro um jornal. Não resta dúvida, os jornais perderam muito de sua respeitabilidade depois que deixaram de ser compostos em chumbo.

Genealogia

Pareceu-me então que se conseguisse refazer a trajetória de minha família chegaria à compreensão desse sentimento de fracasso que me paralisa os movimentos. Tive um avô que perdeu tudo por avalizar títulos de um primo. Era homem boníssimo, religioso, mas jamais se perdoou aquele gesto de desprendimento. Uma bisavó materna, histérica, ateou fogo às vestes ao saber que o marido procurava outras mulheres, a conselho do médico da família. Minha mãe era uma mulher realista e bem-humorada. Admirava a correção moral de meu pai, embora suspeitasse que isso ainda o infelicitaria. Dito e feito. Que minha mãe, tão positiva, tenha morrido cedo é coisa que não consigo entender. Ficou meu pai, ele também homem boníssimo, incapaz de defender seus próprios interesses, por suspeita de egoísmo. Adora meu filho, trata-o com um carinho tocante. E teme, secretamente, que ele ao crescer já não o queira tanto. Quanto a mim, gostaria de redimir essa trajetória justa e doída. Haverei de saber impor esses princípios de que me orgulho. Aos poucos torno-me mesmo um pouco violento. E receio iniciar uma outra linhagem, positiva a ponto de não me reconhecer nela.

Escala

Vivo em uma cidade pequena, litorânea, no alto de uma elevação que domina toda a localidade. Vim para cá para poder sentar-me diante da casa e olhar para o horizonte, e é isso que faço. Vários fatores colaboram para a possibilidade desse meu exercício e julgo de utilidade mencioná-los. Antes de tudo, vem a brisa. A posição elevada e desguarnecida do lugar deixa que o vento circule livremente pela praça que se estende por todo o topo da colina. A distância que o separa do mar abranda sua força, impedindo-o de soprar com demasiado vigor. A aragem leve não só elimina o desconforto do calor excessivo como também orienta a visão, com o que se ganha em bem-estar e amplitude. A brisa torna diversa a atmosfera e isso igualmente estimula o olhar. Em segundo lugar vêm as longas palmeiras imperiais, que pontuam regularmente toda a extensão da praça. Elas ampliam verticalmente o espaço, põem em contato terra, mar e ar, e dão maior realidade ao vento, que se detém alegremente em suas folhas. Por se estreitarem à medida que se elevam, elas adquirem um aspecto flexível que contraria sua verticalidade. Esse movimento dúbio transmite sua consistência a todo o espaço do lugar, que com isso torna-se mais palpável, repleto de dobras e desvãos, que igualmente atraem os olhos. Um terceiro aspecto importante é a igreja. Solene e austera, ela ocupa a extremidade mais próxima do mar, limitando a oeste o amplo terreiro. O peso da construção colonial é praticamente anulado pela cal das paredes, tão brancas que chegam a ferir os olhos quando o sol é mais forte. As grossas paredes parecem transformar-se em luz, estendendo a toda a praça sua leveza e intensidade. Por último, conta a humildade do lugar, as casas simples, os meninos sem camisa, os cachorros que vagam o dia todo pelo terreiro. Tudo aqui produz movimentos extremamente discretos, que mal conseguem interromper a vastidão do terreno. A ausência de ambição da parte de seres e formas engrandece ainda mais o espaço, o horizonte, que no entanto sabem reconhecer a importância desses pequenos acidentes para a afirmação de sua majestade, acolhendo-os paternalmente. E eu fico aqui, a medir-me com essas extensões. Se meus olhos se detêm ali ou mais além, sinto corporalmente as mudanças de escala, expando-me, contraio-me, sou o que há entre mim e o que vejo. No final da tarde, quando a noite vai aos poucos limitando as distâncias, recolho a cadeira com gestos lentos, para não romper um equilíbrio tão duramente conquistado. Vim para cá para aprender a extinguir-me. E sinto que progrido a cada dia que passa.

Sexo

Não sou um homem violento. Ao contrário, temo as situações violentas, com suas consequências irremediáveis, a pôr em movimento forças muito superiores a nós. Evito em suma tudo o que coloque em risco um equilíbrio que conquistei a duras penas e que prezo mais do que tudo. E por isso o sexo é para mim uma coisa difícil, com que lido mal. Não duvido que algumas pessoas, talvez mesmo a maioria, se excitem por ternura ou amor. Sei apenas que não é esse o meu caso. Mas qual o meu caso? É o que procuro entender. Tivesse o desejo despertado por espancamento, pelo som de palavras fortes e obscenas, talvez me tranquilizasse. Seria um homem violento. Mas sucede diferentemente. Sou atraído por um certo excesso. E somente sob determinadas circunstâncias ocorre surgir sob as mãos esse elemento dúbio, a carne, capaz de se mover entre prazer e dor. Não tenho aversão a carícias. Por vezes chego mesmo a praticá-las. Há porém tal discrepância entre carícias e penetrações que custa encontrar uma passagem que conduza de um lado a outro. Por isso, às vezes me surpreendo com essas fricções ríspidas, como se procurasse caminho por lugares improváveis, tentando achar um nexo entre superfície e profundidade. Se arfo, se me entrego ao jogo turbulento em que os órgãos se confundem, me move a vontade de acesso a um corpo menos demarcado, e portanto mais pleno e surpreendente, carnal. Não raras vezes porém me sinto tremendamente ridículo, nessa ânsia de mudar as coisas de lugar, de achar cavidades onde há apenas uma perna ou um quadril.

Retrato

Ele se parece mais comigo do que eu com ele. Se ambas as imagens discrepam é que o que em mim é fortuito me agrada mais — eu, tão permanente. Por exemplo: esse sorriso esboçado, contido, me faz dono de uma interioridade insondável, por irromper a qualquer instante. Os lábios ligeiramente comprimidos revelam controle, domínio sobre os próprios impulsos. Embora humorados, fugitivos. E são tão doces os olhos que devem mesmo ser meus. Tomado assim de passagem sou mais leve, passível de aperfeiçoamento. A cabeça inclinada demonstra disponibilidade, abertura para o que vem dos outros. Um sujeito meigo. Estando comigo, aos outros pertenço. Mas esse ser ético, aparentemente dado à correção, quer mais, quer também assentimento. Mas de quem, de mim mesmo? Se me desdobro em imagem, se me interponho entre mim e o que aparento, é que me inteiro mal, fecho com sobra, ou de menos. Assim cindido, posto frente a frente, crio um espaço vago, uma distância em que me dissolvo: sou aqui o que mais adiante dispenso.

Saúde

Quando no alto da cabeça não me restar um só fio de cabelo, então voltarei a ter saúde. A cabelos ralos e quebradiços não pode corresponder um organismo vigoroso. Não pode aquilo que cresce tão amedrontadamente supor um solo fértil.

Por algum tempo cortei-os bem rente, procurando assim reencontrar a força perdida. E de fato por vários meses experimentei novamente uma sensação de plenitude que há muito me abandonara. Pontiagudos, espetados, eles testemunhavam uma agressividade rude, prova definitiva de que assentavam sobre uma base de pujança inquestionável. Por essa época tornei-me até um pouco violento, coisa que em tudo contraria minha índole. Mas logo vi minha esperança minguar. Rapidamente os cabelos tornaram-se ainda mais escassos e a pequena quantidade de fios não mais permitia a impressão de vigor que me embalava.

Hoje, resignado, espero com serenidade o completo estabelecimento de minha calva. A pele lisa, curtida de sol, adquiriu um brilho discreto, que unido à regularidade da cabeça é sinal de tino e perspicácia. E a faixa de cabelo que me restou mostra um certo viço, o que produz um contraste forte, a revelar que lá por dentro tem lugar um dinamismo complexo. Devo viver ainda muitos anos.

Rosemiro dos Santos (1944-91)

Na Federação Paulista de Pugilismo sua ficha acusa setenta e quatro lutas entre fevereiro de 1960 e julho de 1968. São sessenta e uma vitórias, seis empates e sete derrotas. Dizem que quebrou a mão numa luta dos Jogos Pan-Americanos, e a partir daí andou rodando a América do Sul. Participava de combates de pouca importância, fazendo as vezes de escada para lutadores em ascensão. Dizem também que matou uma pessoa numa briga de rua e que cumpriu pena num país latino. Quando começou a lavar carros na rua de nosso escritório, ainda tinha o corpo forte, bonito. Cobria-o apenas com um avental de lona. Quem sabe, um resto de vaidade. Falava com alguma dificuldade e deixava escapar saliva pelo lábio inferior. No mais, o boxe não deixara marcas em seu corpo. Rose era meticuloso. Atualizava o preço de seu trabalho por uma das tantas tabelas que a inflação nos legou. E cuidava com grande carinho de umas plantas que dispusera em volta das árvores da rua. Eram arranjos curiosos, quase extravagantes. De fato, não havia relação entre as plantas cultivadas. Eram podas de jardim, restos. Como certos pobres, Rosemiro parecia ter aversão ao desperdício. A seu modo, reencontrava serventia para tudo. Não bebia, não fumava e devia ganhar um dinheiro razoável. Na minha imaginação, levava uma vida pobre mas decente. O homem que o matou com um tiro no peito tentou roubar sua mãe num ônibus. Rose esmurrou-o. Ao descer do ônibus foi baleado.

Reumatismo

Às seis da tarde os alto-falantes da Igreja de São Dimas tocavam *A dança das horas*. Nunca mais uma música me comoveu tanto. Eu era menino, e voltávamos do futebol. Àquela hora tudo parecia assentar, buscar repouso. O entardecer tornava ainda mais espessa a poeira das ruas. E o regresso a casa, o jantar em família, era também crepúsculo. Nem me recordo se era feliz. Devia sê-lo. Não tinha um corpo forte. Mas era ágil, espigado.

Hoje vejo que aquelas tardes do interior depositaram no meu corpo um sedimento ruim. Se o sinto é porque ele foi ficando turvo. As juntas vão bem, articuladas. Não é disso que padeço. O que me machuca é a carne pisada e uma intermitente ausência de volume nas pernas, no pescoço e nos ombros.

Daqui para a frente

Chegado a esse ponto, de onde não mais se vê o lugar de partida, resta apenas tocar para a frente. Não ter para onde voltar e saber que não é a partir daqui que inicio. Sou um homem feito, repito para mim mesmo. Não devo ter a que temer. Sou forte, passei por muitas coisas na vida. Sei o que posso esperar de mim. E o que de mim não possuo, que sendo meu me escapa, embora tema, também vai na tralha. Serve para as horas em que me falto.

Experiência

Assimilo o mundo lentamente e guardo dele uma espécie de odor que me toma todo o corpo. Vem daí a morosidade com que processo as coisas, o ritmo vagaroso que as transforma por vezes em significado: como se as destilasse. Mas me expresso equivocadamente. Não é de purificação o processo, não é do turvo ao cristalino a passagem. Muitas vezes ocorre mesmo o contrário — um espessamento, a formação de coágulos. Mas me equivoco novamente. Por agregação, depósito, sedimentação também não chego a nada. E chego? Não sei. Acontece no entanto de eu me sentir variado, organizado por estratos de composição diversa, constituído de tecidos heterogêneos, de textura e consistência desencontradas. Trago então o mundo no forro, por dentro. Se me recomponho, se consigo construir passagens entre materiais tão distantes, é porque aprendi alguma coisa. Estabeleci relações, pus em contato elementos estranhos entre si, e penso ser isso o aprendizado. Como se vê, trata-se de um movimento significativamente rude, sem contornos definidos, sem definições claras. Esses acontecimentos não me tornam nem melhor nem pior do que eu era. Percebo no entanto que eles me põem em contato com uma camada mais dispersa da realidade, uma região de aluviões, de resíduos que se desprenderam de corpos maiores e que vão se associando por peso e formato, independentemente de sua natureza específica. Certos dias cinza e secos, certas manhãs claras e frias reproduzem à perfeição esse sentimento de passagem, essa sensação de permeabilidade. Por vezes, porém, essa disponibilidade me torna irritadiço. Sinto-me feito de palha, pó, metais, algodão, carne, aparas — e a falta de harmonia do conjunto me põe amargo como o diabo.

Tarefa

Devo ler ainda hoje setenta páginas de *A história da pintura flamenga*. Foi tarefa que me impus e a que atendo com presteza. Sexta-feira o livro estará lido e fichado. Segunda-feira inicio *A ideia de forma na arte medieval*, obra monumental, e em um mês terei mapeada toda uma região do saber que me era pouca afeita, motivo de insegurança despropositada. Gozo de reputação sólida, ainda que olhe com desdém para esse tipo de reconhecimento. O que verdadeiramente me importa é o trabalho metódico, a sensação continuada de um desenvolvimento orgânico. Gosto de deitar-me sabendo o que farei na manhã seguinte e essa determinação torna-me o sono profundo e reparador. Da cama, colocada num ângulo do amplo espaço que habito, posso admirar as estantes repletas e repassar indolentemente tudo aquilo que domino. Adormeço em geral com a luz acesa e o contraste do amarelado da iluminação elétrica com a claridade filtrada da manhã desperta em mim um sentido de operosidade indescritível.

Alvura

Permita Deus que seja mais alvura do que carícia, esse polvilho que espalho sobre o corpo e me refresca a carne macia. Sobre a virilha ainda jovem minhas mãos desfazem as fendas que se abrem sob a superfície branca. Não tenho rugas, não posso tê-las. Os seios fartos, rijos, parecem serenar ao contato do polvilho. Se fricciono a pele, o pó, é para não ser afago. Que eu me lanhe, aqui, ali — pouco importa. Não é dor. É vestígio. Uma nesga de luz atravessa minha cela. Do hábito branco sobem pequenos corpos, que a luz sustenta. O mesmo contato vago, a mesma ausência de peso.

Caráter

Quando então pensei ter de fato constituído um caráter, veio a doença, imperiosa. Havia pouco encontrara resposta para minha terrível insegurança; estava feliz com os poucos amigos; arranjara um mecânico honesto para o carro, um bom sapateiro. Coisas tão difíceis. Amava uma mulher meiga, decidira não gostar mesmo de animais e preferir o samba a qualquer outro ritmo. Como preciso de pouco repouso, por vezes esqueço que tenho os dias contados, e assobio com um desembaraço verdadeiramente tocante.

Fábula

— O que é forma? — perguntou a andorinha ao jabuti. E saiu voando alegremente, riscando o espaço com suas asas delicadas.

O jabuti, surpreso com a pergunta, parou, estendeu o pescoço e pôs-se a pensar. O jabuti era por dentro igualzinho ao que era por fora: enrugado e lento. E não sabia o que era forma. Em toda a sua longa vida não tinha sequer pensado nisso.

Vendo a aflição do companheiro, a andorinha resolveu ajudá-lo. E pousou no casco do jabuti.

— Continue andando, amigo — disse a andorinha. — Observe seus movimentos, o caminho que você faz.

O jabuti continuou a sua lenta caminhada, um passo depois do outro, com aquelas pernas que pareciam estar dentro de outras pernas, maiores, e que lhe atrapalhavam os movimentos.

— O que você nota de diferente? — perguntou a andorinha.

— Nas minhas costas há alguma coisa que fala — respondeu o jabuti.

A andorinha irritou-se com a falta de jeito do companheiro. Mas então ocorreu-lhe uma grande ideia. Pediu ao jabuti que erguesse a cabeça e reparasse no que via. Foi uma verdadeira revelação. Acostumado a ceder ao próprio peso, o jabuti só olhava para baixo. Ao erguer a vista, toda uma nova realidade se abria para ele. Viu o céu azul, a linha do horizonte, as árvores que subiam com força para o alto. E sentiu-se mais leve e disposto. O espaço, as cores, as proporções livravam-no do peso ancestral, ampliavam o alcance de seus gestos, tornavam mais ampla sua visão.

A andorinha, excitada, bicava o casco do jabuti, querendo saber o que ia por sua cabeça.

— E então, amigo jabuti, o que você está vendo?

O jabuti deteve o passo, concentrou-se ao máximo e soltou um grunhido cavernoso:

— Uuuuuhhhh.

E continuou sua marcha arrastada, carregando nas costas a andorinha.

Canção

Memorizo letras de música com notável facilidade. Mesmo as mais longas e intrincadas acabam cedendo aos meus arranjos. Encadeio os versos por uma espécie de ordem fisionômica que depois de estabelecida me pertence definitivamente. Não nego que o gosto por essa prática decorra de um desejo de controle e autossuficiência — a qualquer momento recuperar um estado de espírito ligado a certas canções, e poder por mim mesmo despertar emoções e sentimentos precisos, que ademais certas circunstâncias ajudaram a fixar. Posso com razoável precisão tornar-me triste de dar pena, e quando me pego meio abatido tenho gosto em deixar-me embalar por uma doce piedade de mim. Mas também me ocorre alegrar-me, ainda que os extravasamentos dessa ordem requeiram uma discrição que contraria o sentido das emoções despertadas.

Sem dúvida, trata-se de um uso rebaixado da música. Mas deve haver nisso também algum desprendimento, ou um amor sincero, já que inegavelmente tenho outros modos de induzir sentimentos e emoções. Uma hipótese sobretudo me entusiasma: a perpetuação momentânea de um certo anonimato, essas canções já quase sem autoria e que sobrevivem à custa de revivescências fugazes, quando alguém, um assobio, as transforma de potência em ato, não fossem essas palavras por demais eloquentes para descrever um fenômeno tão singelo. Mas com efeito nesses momentos uma linha tênue se reconstitui e toda uma experiência longamente sedimentada parece voltar à tona numa intensidade delicada e displicente. Vistos desse ângulo, são mais elevados os meus propósitos.

Tenho pouca consideração por mim mesmo. De maneira que me inclino com facilidade às hipóteses que me são mais adversas. Mas quem me vir passar na rua cantarolando uma canção jeitosa, sinta-se livre para ao menos momentaneamente se deixar levar por essa despreocupação que ostento. Assim de passagem, cantarolando, sou um homem feliz, sem fundamento. Visto de fora, não careço de explicações. Visto de dentro, queria ser vento.

Mangas cavadas

Dá-se o nome de mangas cavadas a certas mangas bem curtas, que se prolongam ligeiramente nos ombros, diminuindo e estreitando à medida que se aproximam das axilas. Elas tornam os braços mais longos e regulares, pois fazem-nos começar bem junto à articulação com o ombro. Ao mesmo tempo, deixando à mostra as axilas, permitem observar uma parte do corpo humano que está entre dentro e fora, uma região de forte transpiração, na qual a pele fina e engelhada traz à mente a ideia de metabolismo, de passagens de um lugar a outro. O contraste entre a regularidade dos braços e o aspecto orgânico das axilas produz uma imagem muito particular do corpo humano, que oscila entre superfície, volume e entranha. Devem usar mangas cavadas mulheres maduras, de braços fortes e carnes ligeiramente tenras.

Mira Schendel (1919-88)

Mira tinha verdadeiro pavor de espaços muito amplos. Conduzi-la de carro, principalmente à noite, pelas marginais do Tietê era submetê-la a um martírio. Precisava de lugares que dessem a seu corpo a possibilidade simultânea de afirmação e cerceamento, sem que as desproporções de escala a ameaçassem com uma desenvoltura excessiva.

Tinha o corpo de quem vence a fragilidade pelo enrijecimento de certas regiões. Vinha daí a pouca simetria de sua postura, gestos e movimentos. Descrevê-la como uma pessoa tensa seria contudo equivocado. Parecia sim ter desenvolvido calcificações peculiaríssimas, que conferiam relativa autonomia às partes do corpo. De fato, havia nela articulações a mais: mãos que se moviam num total descompromisso com a trajetória dos braços, a cabeça voltada para lugares estranhos ao espaço traçado pelos demais gestos, sem falar nos ombros, que, era de se jurar, não poderiam ter o mesmo peso. Disso resultava o seu aspecto inquieto, quebradiço (sempre as coisas tentando se equilibrar, tantas coisas).

Se ficava acordada até tarde — nunca dormia antes das três da madrugada — era para poder retirar medidas daquele isolamento. Seu corpo confrontado com os prédios distantes, com o horizonte da cidade. Seus desenhos são também isso: traços discretos, breves, mas de uma intensidade assombrosa. À janela, Mira devia sentir-se de maneira semelhante.

Teve por muito tempo uma empregada extremamente dedicada, que, se não me engano, ajudou a construir uma casa. Era com ela que viajava para a Europa, depois que suas forças começaram a faltar. Chamava-a Monstro. Dizia que era carinhoso. Nunca duvidei disso. Mas era também um modo de qualificar a afeição que eventualmente lhe dedicavam. Tudo o que a pusesse em evidência magoava-a. Tinha vaidades, por certo. Mas nada era mais forte do que essa necessidade de não ser muito notada. Escusado dizer que isso lhe tornava difíceis as relações de amizade.

Fumava como um turco, cigarros fortes, de preferência Hollywood. E a nós, mais novos, nos surpreendia com perguntas difíceis e indiscretas — acerca de fidelidade conjugal, preferências sexuais, amizades etc. —, um comportamento pouco esperado de um europeu. Durante a guerra, vivendo então na Itália, passou por momentos difíceis. Mas nunca os mencionava, a não ser quando perguntada. Da vida em diversos países — Suíça, Itália, Iugoslávia e Brasil — resultou uma superposição de sotaques e expressões que, com o passar do tempo, se cristalizou numa língua peculiar, que ela, então, manejava sem variações. Escolhera dos diversos idiomas expressões e ritmos característicos, compondo um conjunto muito singular. Jamais dizia "ou seja". Gostava de "ossia", num italiano meio inusual.

Por sua discrição acentuada, vestia-se, penteava-se e movimentava-se de maneira pouco feminina. Familiarmente, chamavam-na Coruja. De fato, parecia querer confundir-se com o ambiente. Passar ao largo. O câncer que a matou deve tê-la aborrecido também por isso. Com a doença, inchou bastante. Era impossível desconhecer que não fora feita para aquele formato.

Conselho

Dou bons conselhos. Gosto de me ouvir dando bons conselhos. Levanto a voz, me inflamo. Demonstro uma firmeza de quem vê claro e conhece aquilo que é melhor para o próximo. E como não falo de mim, como toda a minha atenção se volta para aquele que me ouve, sinto que quase me anulo nessas ocasiões, por mais que minha voz ressoe poderosa e eu me erga acima de quem me escuta. Sei me colocar no lugar do outro. Sinto que me aproximo de suas dúvidas e aflições, e por isso dou bons conselhos. Esse deslocamento, o movimento que me leva daqui para lá, amplia minha visão. Diante dos problemas alheios noto que minha mente se abre. Vislumbro possibilidades, e o mundo se areja, à força de esperança e perspectivas renovadas. À medida que percebo o efeito de minhas palavras sobre meu interlocutor, percebo que uma profunda serenidade toma conta de todo o meu ser. E por várias horas a mais acolhedora paz me certifica de que estou no caminho certo.

Manhãs

Guardo das manhãs frias as melhores recordações. Sabia o que fazer, para onde ir, e o frescor das primeiras horas envolvia meus gestos com uma significação plena, um vigor que conferia sentido e amplitude às minhas atividades. O cansaço do final das jornadas mal me perturbava. O sono reparador prometia novas alegrias — a sensação de um início sem máculas, fruto de uma vida conduzida regradamente, recompensada a cada amanhecer. Trago da névoa fria, do orvalho, a lembrança de um doce incômodo, que a segurança obtida pelo trabalho sabia reverter, e valorizar. Foi assim também nos tempos de escola, embora me dominasse alguma insegurança. Hoje as manhãs frias têm outra realidade. Encontro repouso, serenidade. Tenho a certeza de ter procedido bem, e a tranquilidade desses dias atesta isso. A neblina espessa recorda o caminho percorrido, a densidade suave que soube cruzar sem traumas. Não nego ter dificuldades com o calor e com o sol forte — tão cabais, tão pouco sugestivos. Mas também com eles lido com jeito. E à sua nitidez contraponho a intensidade trêmula dos objetos, cores e volumes demasiadamente expostos à luz. No meio da tarde tiro um cochilo leve, que converte o ar quente em langor. À noite não durmo tão bem como antigamente. Já não tenho tanto a enfrentar com método.

Princípios

Ele tinha algumas convicções inabaláveis. Colocava a amizade acima de tudo e consagrava aos amigos uma lealdade sem limites, o que às vezes o infelicitava. Considerava a generosidade um impulso quase natural do ser humano e se esforçava por torná-la, em si mesmo, uma reação espontânea. Por essa razão desenvolvera também um sentido de justiça aguçado, que raramente o traía. Acontecia porém de amar perdidamente as mulheres. E isso de maneira rude, quase descontrolada, o que em alguma medida o desagradava. Sabia-as em campo oposto, inimigas, compondo uma outra humanidade. Mas elas, tão doces, acenavam com uma comunidade de sentimentos que momentaneamente o confundia, já que aí seus princípios não tinham efetividade. Hoje que já não as deseja, reencontrou a calma tão almejada. E aprecia apenas a saúde das jovens e a tristeza resignada das mulheres de meia-idade.

Verão

Ah, Senhor, a senilidade que não chega. Onde encontrar paz, se por todos os lados o calor as coloca diante dos olhos? São jovens, quase ingênuas e sob a camiseta trazem duas pombas nervosas, como se o espírito santo, duplicado, habitasse sob ligeiro tecido de algodão. Com o sol, mesmo elas suam. E ficam assim com uma aparência pouco limpa. Mas até isso, Senhor, entusiasma — esse azedo leve de tantos pecados. É bem verdade que a faixa estreita de barriga que deixam à mostra as higieniza. Isso ocorre de fato com as carnes mais frias. Porém, descompensada, a temperatura do corpo desliza e com ela vai meu sossego, vagando por superfícies intermináveis. O que nos salva é que por ora elas se alimentam bem, e portanto compõem-se também de volumes. Volumes, Senhor, são entidades menos tentadoras: tão plenos, tão suficientes. Já superfícies, não. Precisam de contato para se realizar, e aí nos perdemos. Os cabelos, trazem-nos longos, lisos ou ondulados. Por essa estrita razão — superficiais. Correm pelas costas, superfície com superfície: o diabo! São madalenas. São pecadoras. Sem jamais se arrepender de absolutamente nada. Tende, pois, Senhor, piedade daqueles que nas calçadas padecemos transes insuportáveis. Dai-nos a glória de desprezá-las, a indiferença. Concedei-nos a linha do horizonte, Senhor. Apenas a distante linha do horizonte. E se não for pedir demais, concedei-nos ainda ereções intermitentes, desmotivadas, e leves sobressaltos noturnos. Amém.

Carnaval

Lá por volta do Carnaval uma grande expectativa tomou conta de mim. Algo grandioso estava para acontecer. E quando chegaram os feriados vi fortalecer-se aquele pressentimento. As ruas vazias tornavam a cidade mais ampla, repleta de possibilidades. O som distante dos grupos de foliões punha no ar um murmúrio levemente promissor. Homens e mulheres iam e vinham sem rumo aparente, os rostos mais plácidos, a alma em descanso.

No sábado à tarde dei uma longa caminhada. Olhei vitrines, parei em bancas de jornal, vi mulheres de uma sensualidade tocante, que acompanhava com os olhos até perdê-las de vista. Amaria perdidamente neste Carnaval. No domingo acordei bem cedo. Novamente saí a passear. A claridade da manhã, a brisa fresca — há muito não me sentia tão feliz. À noite jantei com um velho amigo. Não o via há vários meses e o reencontro foi formidável. Durante a segunda-feira fiquei mais em casa. Fiz pequenos consertos, pus coisas em ordem. O movimento crescente nas ruas me intranquilizava. E procurei proteger-me.

Na terça-feira voltou novamente a calma. O jornal trazia poucas notícias. Todos pareciam estar em casa. Tenho dificuldade em descrever meu estado de espírito naqueles dias. Sentia a alma apertada, mas pronta para entregar-se. Eu era mais do que costumo ser — sempre tão comedido. Almocei bem. Vi um bom filme no cinema. Dormi cedo. Bem.

Altivez

Ela se masturbava tanto que chegava a ferir a vagina. Tinha as pernas longas, as coxas fortes, e quem a visse entregue a si mesma de imediato a compreenderia. Possuía excelente saúde, uma energia à flor da pele e irritava-se por ser tomada de impulsos tão violentos. Não queria mal aos homens. Julgava-os apenas incapazes de entendê-la. Quando apertava as coxas e sentia a pressão do próprio corpo, parecia ver restituída uma unidade que a enchia de vigor. Tinha os seios rijos, os cabelos fartos e longos, e era comovente vê-la andar na rua assim tão segura de si, mal reparando o mundo à sua volta.

Aventura

Novamente esta tarde que é pura claridade. Não há nada que lembre o calor. O vento move-se com vagar e quase sem direção. É certo, nunca ventou nesta cidade. Nunca houve o fascínio do mar.

Eu sou este homem que pela última vez caminha por ruas conhecidas. As dores que sinto vêm de uma espécie de compressão no tórax. Uma bala atravessou minha carne um pouco acima da cintura. Faz dois dias. Não sei o que pensar desse acaso. Passar diante de uma loja, ser ferido por uma bala perdida. Desde então o mundo lateja dolorosamente. As faixas com que envolvi meu tronco já cheiram mal. Sinto que apodreço. Se ando, é para ver se disperso esse odor acre. E os espaços abertos me dão uma desenvoltura que abranda a compressão no tórax.

Quando digo que o mundo lateja, digo-o literalmente. O intervalo entre os espasmos dá acesso a realidades plácidas e espaçosas. As coisas se oferecem com uma generosidade comovente. E tudo se contrai tão logo as dores voltam. De maneira geral a atmosfera desta cidade é somente isso: atmosfera. Caminhar pela cidade é apenas perfazer. Mas quando as dores retornam até esse seu aspecto rarefeito muda de feição. Nada permite que se lhe atravesse e a exaustão decorrente desses esforços faz de meu corpo um trapo.

Mais um dia. É muito difícil segmentar os domingos: eles são longas tardes ou longas manhãs, por vezes longos crepúsculos. E isso torna ainda mais penoso o meu estado. Não poder sequer esperar pela tarde, entremear com uma expectativa qualquer o sofrimento que me condena a um presente sem remissão. E pensar que sempre tive problemas com continuidades.

Em meus tempos de escola reinava uma sábia hierarquia. Aprendíamos a escrever a lápis e somente depois passávamos aos exercícios com canetas esferográficas. Após todo esse treino podíamos então escrever a tinta. De início a aspereza do papel consumia o lápis, aos poucos conquistávamos o direito de sulcá-lo, para ao fim ganhar-lhe a trama. Mas há algo aprendido nos tempos de colégio que me marcou ainda mais profundamente. A partir de certo grau, era-nos ensinado escrever as palavras sem fazer remendos. Deveríamos escrevê-las sem suspender o movimento do lápis, deixando para o fim os traços que não pudessem ser feitos ao longo desse movimento uniforme. Só depois seriam cortados os *tt*, postos os acentos etc. Jamais pude conquistar pessoalmente essa disciplina. Sempre precisei simular acontecimentos futuros que contivessem promessas de deleite ou surpresa. Para gente como eu os domingos são terríveis.

* * *

Resolvo ir até a casa de Bárbara. Ela mora do outro lado da cidade, mas de metrô a viagem é suportável. São muito solitários os bairros residenciais. Estão todos em casa — ao menos as luzes revelam isso. Bárbara não está. Sua casa dá a impressão de abandono. Poeira nos batentes, a grama maltratada. Em vão tento mais uma vez a campainha. Gostava de dormir com Bárbara, sempre tão calma, tão perversa. Na viagem de volta devo ter visto uma mulher muito bonita. Mas nenhum gesto dos passageiros chegou a me emocionar. Respiro cada vez com mais dificuldade. Pudesse repousar, repassar na memória o que até hoje volta e volta. Nem precisaria sair do lugar. Bastaria aproveitar o movimento do trem, e rever, rever. Me deter nas atitudes acertadas, rir da vã tentativa de evocar os momentos prazerosos. Quantos gestos impensados, quanta vergonha já passei na vida, meu Deus. Em geral, fecho mecanicamente os olhos nessas ocasiões, tal o remorso causado por essas lembranças. Procuro os vagões mais vazios. Temo que meu cheiro já possa ser sentido pelos outros. Os carros vão ficando tão longos, tão afunilados. Pudesse repousar. As luzes cada vez mais baças, um cansaço enorme. Devo morrer em breve.

Trabalhos manuais

Criticável, talvez seja. Mas o resultado compensa. Largamente. Diminuir a distância entre as coisas e exercer sobre elas um domínio rude e doce. Tudo ao alcance da mão. Instrumentos apropriados, gestos hábeis, objetos cujo valor conhecemos. E um pouco de rusticidade, porque mantém a lembrança do esforço, da vontade sempre contrariada de fazer o melhor.

Certa vez tentei aprender o ofício de encadernador. Passaria as noites curvado sobre uma bancada ordenada, recompondo com carinho páginas puídas. À minha volta arrumaria organizadamente as ferramentas pela ordem de uso.

Aprendi a desfazer e recompor cadernos, tingir guardas, montar capas, dourar lombadas. Quando dominei todas as técnicas tive uma sensação de plenitude até então desconhecida. Mas sou perseguido pelas distâncias. Para refilar os livros precisaria de uma guilhotina, o que estava muito além das minhas posses, e a douração das lombadas se mostrava imperfeita sem o equipamento adequado. Depois de costurados os livros, teria de usar os serviços de um outro profissional — ir até o centro da cidade, deslocar-me, conversar. A literatura então me pareceu uma alternativa mais prática.

Programa

Durante toda a minha vida esforcei-me para tornar-me um homem bom. Sei o que é certo e o que é errado, e se algumas vezes me desviei do justo caminho, foram minhas fraquezas que me levaram. Almejo uma humanidade harmoniosa. E conquistei em tal grau a habilidade de colocar-me no lugar dos outros que sou incapaz de ofensas ou injustiças. Tive vícios, e abandonei-os. As noites para mim não trazem mais promessas. Durmo cedo, trabalho muito, não falto aos meus. Mantive o hábito de passear nas manhãs de domingo. Comovo-me ainda hoje com a calma das ruas vazias, com o aconchego dos lares. Meus filhos crescem com saúde e ganho o suficiente para viver com decência e alguma comodidade. Noto que minha serenidade exerce sobre os outros uma influência benéfica. E me afasto dos que me olham com maus olhos.

Eugène Varlin (1839-71)

Eugène Varlin nasceu no dia 5 de outubro de 1839, na pequena cidade francesa de Voisins, filho de Aimé-Alexis e Heloise Varlin. Aos treze anos deixa a província e vai para Paris, a fim de aprender o ofício de encadernador com um tio, Hippolyte Duru. O temperamento impulsivo e autoritário do parente, no entanto, torna difícil a convivência entre eles, e após dois anos Varlin abandona a casa do tio e passa a viver por sua conta e risco.

Em 1857, entra para a organização corporativa dos encadernadores. A partir daí sua atividade entre os movimentos de trabalhadores é intensa. Estimula a criação de sindicatos, participa de greves por melhores salários e condições de trabalho, apoia operários exilados na França, ajuda a quem pode e a quem não pode. Sua sobrinha, senhora Proux, lembra a seu respeito que "ele dava tudo o que tinha e não possuía nada de seu".

Filia-se à Associação Internacional dos Trabalhadores em 1865, um ano após sua fundação, e colabora para sua consolidação na França. Por várias vezes participa da direção da entidade. Os calorosos debates entre marxistas, anarquistas, coletivistas e mutualistas despertam o interesse de Varlin.

Tinha grande afinidade com as ideias de Proudhon, não vendo com bons olhos a atividade política e o papel centralizador do Estado. Defendia uma espécie de fraternidade entre trabalhadores livres, que trocassem entre si apoio e experiência. Para Varlin e seus companheiros o trabalho era uma atividade dignificante, mais perto do artesanato do que da produção em série. Um documento de 1870, que conta com o aval de Varlin, traz, entre outras, as assinaturas de Bourdon, *gravador*; Doudeau, *marmoreiro*; Fruneau, *carpinteiro*; Gauthier, *cesteiro*; Lucien, *fabricante de tinta*; Minel, *pintor de porcelana*; Sauve, *alfaiate*. Tratava-se portanto de criar um movimento que desse autonomia a esses produtores; que lhes permitisse o exercício pleno de sua profissão, livres da exploração dos patrões e do Estado.

Varlin deu o melhor de si na organização de associações que garantissem a independência e o bem-estar dos trabalhadores. Eram cooperativas de consumo e sociedades de crédito mútuo, círculos de educação popular, sociedades alimentares, e mais uma série de associações semelhantes. Entre elas destacou-se a cozinha cooperativa La Marmite, inaugurada em 1868, no número 34 da rua Mazarine, e que logo ganhou quatro filiais. O biógrafo de Varlin, Maurice Foulon, fala com carinho desses restaurantes coletivos, com suas "mesas limpas, cadeiras confortáveis e um são odor de boa cozinha".

Hoje, todos esses esforços podem parecer ingênuos. Mas o objetivo desses homens era criar uma convivência melhor entre os círculos pobres das cidades, importando-

-lhes pouco a tomada do poder e a gestão de toda a sociedade. A Comuna de Paris, certo ou errado, foi a prova cabal dessas convicções. O próprio nome de suas associações — Sociedades de Resistência, Sociedades de Solidariedade — é revelador da natureza de seus propósitos, e de uma espécie de autolimitação que se impunham.

Mas era na educação que Varlin via um dos grandes instrumentos de emancipação. Acostumado por profissão com os livros, autodidata, consciente dos percalços do autodidatismo, foi a duras penas que pôde compreender obras como *Contrat social*, de Rousseau, *L'organisation du travail*, de Louis Blanc, *La femme et les moeurs*, de A. Léo, e quer facilitar a vida de seus companheiros. Organiza cursos populares e ajuda a criar os Círculos de Estudos Sociais e a fortalecer a imprensa operária. Num discurso de 1865, para setecentas pessoas reunidas nos jardins do Elysée Ménilmontant, Varlin defende o combate "com todas as nossas forças à ignorância, à rotina e aos preconceitos [...]. Para que a educação seja prática ela deve ser obra de todos. Todos devem transmitir a seus camaradas aquilo que aprenderam com sua experiência e observações [...]. Senhores, a emancipação material dos trabalhadores não pode existir sem sua emancipação moral e intelectual".

Durante os setenta e dois dias da Comuna de Paris, Varlin trabalha incansavelmente. Eleito para a Assembleia pela lista dos internacionalistas, ele é designado para a Comissão de Finanças, tendo nas mãos enormes responsabilidades: o orçamento da cidade, a cobrança de taxas e impostos, o pagamento de salários e soldos, a supervisão das despesas. Manteve a serenidade mesmo nos momentos mais difíceis e sempre se opôs aos excessos de violência. Quando as forças de Versalhes invadem Paris, no dia 21 de maio de 1871, Varlin assume o comando da 6ª Legião. Com o avanço do exército legalista, luta nas barricadas. No dia 23 de maio os incêndios tomam conta de Paris. Os combates são violentíssimos. Segundo estimativas, vinte e cinco mil comunardos são fuzilados.

Entre os líderes da Comuna, vários conseguem escapar à sanha oficial e obtêm asilo. Por volta do meio-dia do dia 27, Varlin deixa de se defender. Durante vinte e seis horas erra pelas ruas de Paris. Às três horas da tarde do dia 28, cansado, senta num banco da rua Lafayette. Sua aparência é a mesma: cabelos longos, barba escura, apenas os olhos escuros demonstram cansaço. Nada fizera para dissimular a identidade. Um passante o reconhece e o denuncia. Varlin é conduzido à presença de um general, que ordena seu fuzilamento. Antes de morrer, uma saudação: "Viva a República!", "Viva a Comuna!". Tinha trinta e dois anos incompletos.

Vigília

Arrumo à noite aquilo que será de uso durante o dia. Estendo a camisa limpa sobre o sofá e ponho os sapatos — engraxados, polidos — a lhe velar o sono. Na pasta, os lápis estão bem apontados, os papéis ordenados por assunto. Uma relação minuciosa descreve os afazeres do dia seguinte. Se a morte chegar durante o sono, o asseio e a disciplina haverão de ser testemunho de que não previa o fato, e que as pendências e faltas foram absolutamente involuntárias.

De doze anos

Porque a ausência de pelos pubianos, uma expressão das mais felizes, não apenas torna a operação mais higiênica, como também afasta de vez qualquer possibilidade de culpa. De fato, a higiene é o cerne da questão. Como se sabe, também a culpa é uma forma de desasseio. Mas me expresso mal. A falta total de pelos não daria a dimensão exata do ganho obtido. É preciso haver termos de comparação. Portanto cabelinhos ralos, no mais das vezes incolores e frágeis, tornam mais precisa a minha afirmação. Nos lembram que poderíamos ter a língua metida em maranhas, grenhas ou trunfas — palavras justíssimas para descrever a coisa. Mas nem coisa são. De modo que é inútil me deter nisso.

Convém contudo explicar mais largamente o que entendo por higiene. Limpeza? Também. Mas por certo também clareza, no sentido de saber onde temos a língua. Bom mesmo é poder ver. Isso sim é muito higiênico. Águas turvas não nos atemorizam à toa. Mas me desvio. O fundamental a acentuar é que xoxotas são coisas externas. Visíveis. Só pessoas superficiais dão primazia àquilo que não veem: donde penetrações, intercursos, palavras igualmente justíssimas.

Bem vejo: formulo um paradoxo. Não me move porém desejo de coerência. Creio que me fiz claro. Penso que a xoxota compreende os grandes lábios. Até aí, sim. Mas passar da pele à carne é excessiva crueza. À medida que nos vemos entregues apenas ao tato, ao toque, sem poder ver, então tudo se transforma. Por isso insisto na língua. Ademais existe tal concordância entre essas duas superfícies — língua e púbis — que não pode ser mero acaso.

É claro, não tenho nenhuma intenção polêmica. Mesmo porque falo de coisas claras. Contudo, alguém poderia, por puro espírito lógico, indagar pela ênfase em tal região, já que suas entranhas em nada me atraem. A razão é ainda higiênica e também geográfica. Mais que tudo, talvez, topográfica. Ou melhor: trata-se realmente de uma região, com relevo próprio, diferenciado. Toda questão e grandeza residem aí: como fazer disso que é relevo e limite uma verdadeira extensão. Uma superfície. Cavidades, buracos, profundezas são fascínio de mentes cansadas, que não sabem apreciar e valorizar aquilo que veem.

O prazer, como se sabe, é a capacidade de criar extensões. Onde elas já existem — ventres, por exemplo —, podemos produzir deslocamentos: de temperatura, de pressão, de umidade etc. Não nego que devemos nos exercitar nessas regiões. Talvez seja mesmo o caso de começar por aí. A grande conquista contudo consiste em trazer aquele monte à planície. Aplainá-lo e estendê-lo. Mas então por que não seios? Pela simples razão de que essas meninas não os têm. E quem os tem traz as lamentáveis cabeleiras. Raspá-las? Como se nunca tivéssemos beijado adultos em nossa infância, com toda a rispidez decorrente da barba cerrada.

Tenho plena consciência dos problemas envolvidos nessa escolha. São práticos, jurídicos, morais e mesmo médicos. Digo médicos não porque haja aí qualquer violência. E sim pela dependência provocada nessas jovens. Mas são tantas as compensações! Sem falar na assepsia envolvida em contatos tão amenos. Hálito suave, suor inodoro, pele macia.

Agora, suponhamos uma menina nua. Digo assim porque o trabalho de desnudar comprometeria por inteiro a operação. É difícil explicar os motivos. Mas basta imaginar a cena para prever os constrangimentos. A infância é um argumento forte demais para que possamos fazer-lhe vista grossa. Além disso, movimentos em demasia prejudicam a serenidade e repouso requeridos pela situação.

Acima de tudo, é preciso saber dosar a saliva. Se a umidade excita — pois proporciona melhor contato entre as partes —, seu excesso enoja. E meninas são criaturas exigentes. Requerem controle e precisão. Como certas aves, alçam voo ao menor ruído, e escapam ao transe a que as conduzimos com tanta dificuldade. É também preciso saber dosar o tempo. Elas se tornam impacientes quando ultrapassamos a justa medida. São saudáveis. Dispensam fantasias.

Destino

O que me trouxe aqui foi uma ordem antiga, de que não detenho origem nem destino. Deveria um dia me apresentar e aqui me encontro. Olhá-la não posso, pois traz a cabeça baixa, ainda que seja eu a curvar-me, a render preito. Tem o aspecto curvo, redondo. Onde termina, toda a ação se oculta.

ESTA OBRA FOI COMPOSTA EM MERIDIEN POR ARTHUR LAMAS SILVA
E IMPRESSA EM OFSETE PELA GRÁFICA BARTIRA SOBRE PAPEL PÓLEN SOFT
DA SUZANO PAPEL E CELULOSE PARA A EDITORA SCHWARCZ EM JUNHO DE 2017

A marca FSC® é a garantia de que a madeira utilizada na fabricação do papel deste livro provém de florestas que foram gerenciadas de maneira ambientalmente correta, socialmente justa e economicamente viável, além de outras fontes de origem controlada.